PREMIERS

ESSAIS POÉTIQUES

PAR GORMAND,

ex-cavalier au 1er de hussards.

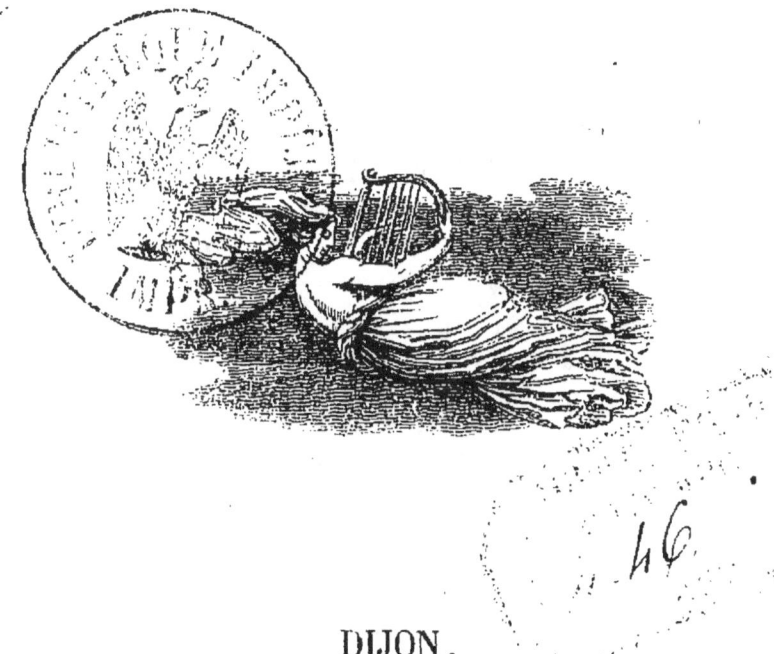

DIJON,

PICARD, LIBRAIRE, RUE CONDÉ.

(Imprimerie Loireau-Feuchot.)

1857

Fuyez, fantômes vains que l'on nomme chimères,
Fuyez l'étroit sentier où se perdent mes pas;
Fuyez, et que mon toit, par des lois trop amères,
Avec la pauvreté ne vous abrite pas.

L'AMOUR DE LA GLOIRE.

Le cri de guerre a frappé la montagne ;
De mon vaisseau j'entends l'âpre sifflet.
Pour le bonheur de ma noble Bretagne
Je dois quitter ma plage et mes filets.
Sous les drapeaux la Gloire me rappelle,
Il faut voler au milieu des combats ;
Adieu, falaise ; adieu, verte nacelle,
Je vais partir, l'honneur m'attend là-bas.

Voyez là-bas sur l'onde mugissante
Ce beau navire aux élégants sabords ;
De ses marins la voix mâle et perçante
Frappe mon cœur et m'appelle à son bord ;
Bientôt la voile enflera sous la brise.
Entendez-vous ces joyeux matelots ?
Vaincre ou mourir est leur seule devise,
Leur voix la mêle aux murmures des flots.

Le ciel est noir, au loin gronde l'orage,
La mer s'agite et la vague mugit;
Rien ne saurait altérer mon courage,
Jamais mon bras sous l'Autan ne fléchit.
Si l'Océan, dans sa fureur altière,
Ne s'ouvre pas pour creuser mon tombeau,
Je veux braver la balle meurtrière
Ou mériter le gage le plus beau.

Bellone en feu m'apparaît dans la nue,
En traits d'airain me dictant ses décrets;
Dans le ciel sombre et sur la mer émue
Sinope en pleurs me montre ses cyprès;
Vers l'Orient des palmes immortelles
Guident nos preux pour venger ses martyrs;
A nos drapeaux la gloire ouvre ses ailes,
Et sous leurs plis bientôt je dois partir.

Quoi! mère, encor vous répandez des larmes!
Cessez enfin d'affliger votre cœur,
Car Dieu partout protégera nos armes,
Et près de vous je reviendrai vainqueur.
Oui, je l'espère, un gage de vaillance
Avec éclat sur mon sein brillera,
Je reviendrai combler votre espérance,
Et pour toujours l'espoir nous sourira.

A L'ENFANCE.

Jouez, petits enfants, parcourez le rivage,
Explorez nos bosquets de verdure émaillés,
Livrez-vous aux plaisirs qui charment le jeune âge,
Et que jamais vos yeux de pleurs ne soient mouillés.
Que parmi vous jamais la discorde n'élève
Le moindre différend qui troublerait vos jeux,
Qu'un cordial amour et qu'un bonheur sans trève
Accompagnent vos pas à toute heure, en tous lieux.

Dans vos faibles élans parcourez la vallée ;
Allez au fond des bois chercher des nids d'oiseaux,
Et quelquefois aussi, dans la verte saulée,
Voir la brise agiter doucement les roseaux ;
Ou bien loin du hameau chasser dans la prairie
Le papillon naissant au souffle du printemps,
Et que toujours le nom d'une mère chérie
Partage votre essor et charme vos instants.

PRINTEMPS.

J'aime, petits amis, vous voir, lorsque la rose
De sa suave odeur embaume nos jardins,
Cueillir au sein des prés la marguerite éclose,
Pour faire une couronne à vos cheveux blondins.
Oh! oui, j'aime à vous voir, quand l'insecte bourdonne,
Danser et folâtrer à l'ombre de l'ormeau,
Et mon ame attristée aux plaisirs s'abandonne
Quand vous jouez ensemble au son du chalumeau.

ÉTÉ.

Hélas! pourquoi ne puis-je au chant de la cigale
Pourchasser avec vous ce léger papillon
Qui, pour chercher la fleur à la riche pétale,
Voltige sans soucis de sillon en sillon,
Et par vous entraîné, troupe naïve et blonde,
Sous les berceaux fleuris des bocages voisins,
Ne songeant plus alors aux erreurs de ce monde,
Bienheureux, prendre part à vos jeux enfantins!

AUTOMNE.

Lorsque Bacchus, enfants, de sa main tutélaire,
Du pauvre vigneron seconde le labeur,
J'aime à vous voir unis sous l'orme séculaire,
Vous livrant aux transports d'un innocent bonheur.
Toujours vous me charmez, et quand tombe la feuille,
Ainsi que la poussière au loin suivant le vent,
Que la verte fougère, enfants, jaunit, s'effeuille,
Je voudrais près de moi vous voir jouer souvent.

HIVER.

Quand l'oiseau des frimas plane sur la tourelle,
Traînant dans ses flots noirs l'hiver sombre et jaloux,
Et que pour d'autres cieux est partie l'hirondelle,
J'aime au coin du foyer m'asseoir auprès de vous ;
Puis, lorsqu'autour de nous tout gèle et tout se glace,
Que le passereau vient sous nos toits s'abriter,
J'aime à vous voir gaîment patiner sur la glace,
Sans que rien ici-bas puisse vous inquiéter.

Allez, et que votre ame à jamais reste pure,
Comme un baume odorant, comme un flambeau divin,
Comme une onde qui suit dans son plaisant murmure,
En formant cent contours, la pente du ravin ;
Comme un bleu firmament, sans brume et sans nuage,
Comme un lys embaumé par la brise du soir,
Comme un zéphir joyeux qui glisse sur la plage,
Emportant au proscrit des paroles d'espoir.

LA PLUS SUAVE FLEUR.

Petits amis qui loin de l'opulence
Et des rumeurs portez vos joyeux chants,
Vous qui durant les jours de l'innocence
Goûtez en paix les délices des champs,
Vous vous parez de la rose naissante,
Vous souriant par son brillant carmin;
Mais cette rose aujourd'hui séduisante,
Sachez-le bien, ne sera plus demain.

Ne cherchez pas loin de votre chaumière
La pauvre fleur qui n'est que quelques jours :
Il en est une auprès de votre mère
Dont le parfum pour vous dure toujours.

Dès que l'hiver a fui notre tourelle,
Vous accourez joyeux dans les pourpris,
Vous promenez sous la brise nouvelle
Vos blonds essaims dans les vallons fleuris;
De votre front pour orner la couronne,
Le moindre œillet tombe en votre pouvoir :
Mais cet œillet que le matin vous donne
Vous est ravi par le souffle du soir.

Ne cherchez pas, etc.

En folâtrant dans la verte prairie
Vous poursuivez le papillon léger
Qui, pour chercher l'aubépine fleurie,
Vient à vos yeux s'offrir et voltiger.
Ce papillon qu'ici-bas rien n'enchaîne,
Ainsi que vous, vole de fleur en fleur,
Et bien souvent sur la rive lointaine
Ne trouve, hélas! que peine et que douleur.

Ne cherchez pas, etc.

Quand vous jouez parfois sur la pelouse
Où vient voler l'insecte aux ailes d'or,
Un frais bouton paraissant sous sa mousse
Charme vos yeux, arrête votre essor;
Laissez plutôt sur sa fraîche corolle
La vive abeille exercer son talent,
Car c'est pour vous que dans son alvéole
Elle dépose un baume succulent.

Ne cherchez pas, etc.

Comme l'oiseau qui cherche sa maîtresse,
Vous parcourez et les prés et les blés;
Loin du hameau vous le suivez sans cesse,
Et plus que lui vos désirs sont comblés.
Tout en ces lieux d'ivresse vous inonde,
Genêts fleuris, marguerites, bluets;
Mais un jour vient où tout fuit comme l'onde,
Ne vous laissant qu'ennuis et que regrets.

Ne cherchez pas, etc.

A MON AMI,

SUR SON SILENCE AU RETOUR DU PRINTEMPS.

Ami, depuis longtemps de la lyre docile
Tu ne fais plus résonner aucun son :
Pourquoi rester silencieux, tranquille,
Lorsque déjà reverdit le buisson,
Et quand aussi, bien loin de la chaumine,
Suivant gaîment les béliers conducteurs,
Le blanc troupeau sur les monts s'achemine,
Accompagné de chiens et de pasteurs?

Plus de repos pour ta muse joyeuse.
Ne vois-tu pas du printemps le retour?
Reprends, ami, ta lyre harmonieuse
Qui me sourit par ses beaux chants d'amour.

Déjà joyeux le papillon frivole
Cherche la fleur au brillant coloris;
L'abeille aussi, quittant son alvéole,
Va voltiger sur les gazons fleuris.
Tout maintenant embaume notre sphère,
Plus d'aquilon, plus de soleil brumeux;
Le gai printemps et la brise légère
Nous ont rendu le pauvre oiseau frileux.

Sous ce beau ciel sans brume et sans nuage,
Ne vois-tu pas nos bosquets reverdir?
Du Gers suivant le ravissant rivage,
Ne crois-tu pas, poète, rajeunir?
N'entends-tu pas l'alouette envieuse
Qui veut en vain raser le firmament,
Et dans les bois la fauvette amoureuse
Qui réjouit par son gazouillement?

N'entends-tu pas, la nuit, sous ta fenêtre,
Chanter aussi le joyeux rossignol?
Par ces concerts ta jeune ame peut-être
Vers le Parnasse encor prendra son vol.
Ressaisis-la, cette lyre naissante
Qui maintes fois, ami, sut me charmer :
Par ses accords, la mienne languissante
Verra ses feux un peu se renflammer.

Ainsi que moi chétive créature,
Abandonné sur le torrent des ans,
Pour aviron ta frêle palinure
N'a que l'amour des hommes bienfaisants.
Pour la ravir à l'humaine tempête
Et surmonter ses chimériques flots,
Qu'à chaque instant ta muse soit donc prête
A célébrer la France et ses héros.

Ou bien plutôt chante de la Garonne
Les bords riants où règne le bonheur ;
Moi, pauvre enfant de Mars et de Bellone,
De nos drapeaux je chanterai l'honneur.
Nous chanterons ensemble, et notre verve
De nos héros redira les hauts faits ;
Nous chanterons la sagesse, et Minerve
Nous comblera de ses nombreux bienfaits.

A MON AMI VICTOR RETNER.

ADIEUX.

Ami, toi qui m'as vu dans cette noble arène
Poser un pas tremblant pour la première fois,
Toi qui depuis ce jour as pris part à ma peine,
Reçois ces quelques mots qui coulent sous mes doigts.
Ce sont encore, hélas! des vers sans harmonie
Soumis à ce vélin par ma verve sans feux,
Mais ce sont (oh! pardonne à mon faible génie)
De ton fidèle ami les sincères adieux.

Tu le sais, il est doux, dans ce pèlerinage
Où l'ouragan humain partout nous assaillit,
Lorsqu'on peut rencontrer oublié par l'orage
Un sillon qui dans l'ombre et loin de lui vieillit;
Mais lorsqu'à nous lier le destin nous empêche,
Que notre doux espoir est devenu trompeur,
Dans notre ame ulcérée, où le plaisir fit brèche,
Un palais aussitôt se bâtit la douleur.

Ce sont là ces instants du mousse qui soupire
Au bruit de l'Océan emportant son vaisseau,
Après un songe heureux où tout semblait lui dire
Qu'il voguait vers les flots qui baignent son berceau,
Tandis qu'au loin, bien loin, comme une ombre qui passe,
Les yeux baignés de pleurs (oh ! regrets superflus),
Sur ce frêle instrument que le gouffre menace,
Il regarde ces bords qu'il ne reverra plus.

Eh bien! ce sont les miens, ami noble et fidèle,
Toi que je quitte, hélas ! pour ne plus retrouver,
Ainsi que ces coteaux aux vignes éternelles,
Aux sentiers tortueux, où nous allions rêver,
Cette île et ses détours où nous puisions l'ivresse,
Ces bosquets embaumés que je pleure aujourd'hui,
Ces instants rappelés par le poids qui m'oppresse,
Qui sous l'aile du temps rapidement ont fui.

Oui, pour toujours, hélas! ils ont fui comme l'ombre,
Comme un léger duvet voltigeant dans les airs;
Comme un simoun affreux qui sur la forêt sombre
Elève en tourbillons le sable des déserts;
Comme un esquif doré qu'illusion promène
Sur les flots turbulents de nos jeunes années;
Comme un tissu trompeur que le mensonge entraîne
Dans le rapide essor de ces folles journées.

Mais le temps fuit encore, et ma muse débile,
Que j'invoque ardemment, que je consulte en vain,
Ne saurait plus dicter à ma plume inhabile,
A ce brûlant sujet, le plus léger quatrain.
Je sens bien dans mon cœur brisé par la torture
Une secrète voix qui me dit que c'est peu :
Mais à cela devrais-je être à jamais parjure?
Il faut en terminer, adieu, Victor, adieu!

Adieu, petits ruisseaux, onde que j'aime encore,
Dont le cristal errant, serpentant le ravin,
Réveillait les oiseaux pour saluer l'aurore
Et remplissait d'attraits nos courses du matin :
Adieu, tendres moments de douce rêverie
Où, cheminant tous deux sous le feuillage épais,
Des nobles défenseurs de la mère-patrie
Nous chantions le courage et les brillants hauts faits!

Adieu, joyeux amis dont la flamme sincère
Souvent guida la main pour orner mes récits!
Puisse encore cette main, qu'en ce moment je serre,
Donner la mélodie à mes faibles écrits!
Adieu, car je te fuis; mais quels que soient mes jours,
Quel que soit l'horizon qui doit nous désunir,
Ma pensée en ces lieux s'envolera toujours,
Et toujours en mon sein sera ton souvenir.

LE CORSAIRE.

Libre au milieu des flots, sans sceptre ni couronne,
Mon nom sème le trouble au palais des sultans;
Sous mon ombre je vois se calmer les autans,
Et mon brick écumer l'onde qui m'environne.
Je porte la terreur aux pieds même des rois,
Et je vois la tempête obéir à mes lois.

Plus que le dieu des eaux, la brise m'est fidèle;
La vague courroucée à ma voix s'interrompt.
A prévoir le danger mon œil est vif et prompt,
Et pour le surmonter jamais il ne chancelle.
Je porte la terreur aux pieds même des rois,
Et je vois la tempête obéir à mes lois.

Sur mon léger vaisseau, vif comme une pirogue,
Guidé par l'espérance et poussé par le vent,
Sans souci, sans effroi, du couchant au levant,
Calme au sein des écueils, avec mon nom je vogue.
Je porte la terreur aux pieds même des rois,
Et je vois la tempête obéir à mes lois.

Je commande aux typhons, la foudre m'est soumise,
Vulcain et les Cyclopes électrisent mon bras;
Je trouve le bonheur au milieu des combats,
La victoire ou la mort toujours fut ma devise.
Je porte la terreur aux pieds même des rois,
Et je vois la tempête obéir à mes lois.

Je n'ai pas, comme au sein de vos vertes campagnes,
Des sycomores épais au feuillage odorant;
Mais j'ai de l'Océan le cristal enivrant
Et l'air pur de ses flots qui toujours m'accompagne.
Je porte la terreur aux pieds même des rois,
Et je vois la tempête obéir à mes lois.

A moi l'immensité, ses rubis, ses richesses,
Sa surface azurée et son lit argentin,
Le parfum odorant des fraîcheurs du matin
Et de zéphir joyeux les frivoles caresses.
Je porte la terreur aux pieds même des rois,
Et je vois la tempête obéir à mes lois.

RÉVEIL AUX VENDANGEURS.

Eveillons-nous, secouons la paresse,
Allons debout, quittons ce lit oiseux;
Eveillons-nous, bientôt un dieu d'ivresse
Exaucera nos rèves et nos vœux.
Pour voir encore muids, quartauts et tines
Pleins de ce jus que tous nous chérissons,
Allons cueillir la grappe purpurine:
Son jus divin fait naître des chansons.

Bacchus encor sur son trône sommeille,
Mais le jour vient saluer l'innocent,
Et près du cep à la grappe vermeille
Nous appeler au nom de saint Vincent.
Le ciel est pur, et la brise lutine,
En folâtrant, caresse les buissons.
Allons cueillir la grappe purpurine:
Son jus divin fait naître des chansons.

C'est par son jus que la gaîté remplace
Le noir chagrin dans un cœur ulcéré ;
Qu'à maints auteurs dont la verve est de glace
S'offre Apollon des Muses entouré ;
Qu'un fol esprit que la gloire domine
Rêve grandeurs, palais, suite, écussons.
Allons cueillir la grappe purpurine :
Son jus divin fait naître des chansons.

C'est par son jus qu'aux enfants d'Epicure
S'ouvrent toujours les noirs estaminets ;
Que le boudoir et la mansarde obscure
Donnent le jour à de brillants sonnets ;
Que du malheur qui sur nos pas chemine,
De notre sein les fruits nous repoussons.
Allons cueillir la grappe purpurine :
Son jus divin fait naître des chansons.

C'est par son jus qu'au rêve des conquêtes
Vient succéder un doux rêve d'amour ;
Qu'au sein des bals, des banquets et des fêtes
Les ris, les pleurs renaissent tour à tour ;
Que l'écopeur à la voix pateline
Sait enjôler son flexible échanson.
Allons cueillir la grappe purpurine :
Son jus divin fait naître des chansons.

C'est par son jus qu'on se rougit la trogne
Et qu'on oublie tous les maux d'ici-bas ;
Fiers vendangeurs, alerte à la besogne,
Morphée encor nous ouvrira ses bras.
Entendez-vous? c'est la cloche argentine
Qui tinte au loin et nous dit par ses sons :
Allez cueillir la grappe purpurine,
Son jus divin fait naître des chansons.

C'est par son jus que cette vieille mère,
Au fond d'un vase, a depuis cinq mille ans
Toujours noyé la cuisante chimère
Que pétrissait chacun de ses enfants ;
Elle y répand sa substance divine
Pour allaiter ses joyeux nourrissons.
Allons cueillir la grappe purpurine :
Le dieu du vin bénira nos chansons.

L'HIRONDELLE.

Toi qui, semblable à la verte fougère
Disparaissant au souffle des frimas,
Et qui, soumise à la brise légère,
Vas t'envoler pour de lointains climats,
En t'envolant pour la rive du Maure
Viens d'un ami recevoir les secrets,
Et que de loin ma voix te dise encore :
A ma Zelmire emporte mes regrets.

Toi qui t'en vas, bel oiseau que j'admire,
Sous d'autres cieux chercher de plus beaux jours,
Si dans ton vol tu revois ma Zelmire,
Dis-lui, dis-lui que je l'aime toujours.

Loin des rigueurs de notre froide sphère,
Tu vas chercher un chaume protecteur ;
Par ton départ, aimable messagère,
Va s'augmenter ma peine et ma douleur.
Mais le destin qui torture mon être
Peut-être encor te fera revenir,
Au gai printemps, sur ma pauvre fenêtre,
Pour m'écouter et m'aider à souffrir.

    Toi qui t'en vas, etc.

Reverras-tu cette antique tourelle
Où va mon cœur sous l'aile du zéphir,
Castel heureux qu'habite l'infidèle,
Qu'un lien d'orgueil est venu me ravir!
Si tu la vois celle qui me fut chère,
Qui sur son sein reçut mon premier vœu,
Oh! porte-lui de ma flamme sincère
Sur ce collier l'assurance et l'aveu.

    Toi qui t'en vas, etc.

Vois ce ruban qu'à ton beau cou je place,
Puisse ma main aujourd'hui le bénir!
En le perdant ma pauvre ame se glace,
Lui seul, hélas! m'offrait son souvenir.
Pour moi ce fut un précieux symbole,
Je le reçus en recevant sa foi;
Mais avec lui tout fuit et tout s'envole,
Car son amour ne brûle plus pour moi.

    Toi qui t'en vas, etc.

Que ce gage qu'avec peine je quitte,
Qui maintes fois fut arrosé de pleurs,
Dans ton voyage, oh! ma pauvre petite,
N'attire pas sur toi bien des malheurs,
Et que bientôt ton aile au doux plumage,
Te ramenant dans nos pauvres hameaux,
Vienne à mes yeux présenter un message
Pour alléger mes tourments et mes maux.

    Toi qui t'en vas, etc.

A DIJON.

—

J'ai goûté les douceurs des bords de la Durance,
Respiré le parfum de leurs frais orangers;
Mes pas ont exploré bien des sillons en France,
Bien des cités m'ont vu sourire à leurs clochers.
J'ai vu les verts tapis où roule la Garonne,
L'Aude et ses vieux coteaux au bienfaisant bourgeon :
Mais de ces fiers coteaux que le pampre couronne
Aucun ne vaut celui qui parfume Dijon.

J'ai vu le Roussillon, l'Adour et ses verdures,
Ses monts dont le sommet menace un ciel de feu,
Les Alpes se groupant au sein de leurs froidures,
La Saintonge opulente et son firmament bleu.
J'ai vu Cahors assise au pied de ses montagnes,
Nismes au sein des fleurs qu'arrose le Gardon ;
Mais rien ne vaut encor de ces riches campagnes
Le coteau verdoyant qui parfume Dijon.

J'ai vu les gais pourpris de la belle Touraine,
Ses sites où l'Amour a comblé mes douleurs ;
Ma muse vainement dans ces beaux lieux m'entraîne :
Car je ne puis, hélas ! leur offrir que des pleurs.
Mais puisqu'à les chanter ma verve est inféconde,
Qu'à leur seul souvenir s'altère mon crayon ;
Je veux chanter un jour, si le ciel me seconde,
Le coteau verdoyant qui parfume Dijon.

Cependant, avant tout il est une autre rive
Où l'Espoir caressant, de son riant pourpoint,
Vint frôler les accords de ma harpe plaintive
Et mêler à ses pleurs ce que je ne dis point.
Toujours dans mon cerveau pour elle est une strophe
Que je voudrais unir à ma moindre chanson,
Mais encor ne vaut-elle à mon cœur philosophe
Le coteau verdoyant qui parfume Dijon.

On nous prône Nancy, ville aux riches parures,
Ville où l'Amour sourit au regard langoureux,
Ville où l'orgie, usée au milieu des dorures,
Cherche au bord d'une tombe un dernier jour heureux.
J'ai vu cette cité qui, somptueuse et fière,
S'émaille des beautés de son sexe mignon ;
Mais à tout ce qu'en elle on trouve, je préfère
Le coteau verdoyant qui parfume Dijon.

6 avril 1857.

www.ingramcontent.com/pod-product-compliance
Lightning Source LLC
Chambersburg PA
CBHW061746180626
46818CB00006B/2771